REVIEW COPY
COURTESY OF
PICTURE WINDOW BOOKS

Nota para los padres y encargados:

Los libros de *Read-it!* Readers son para niños que se inician en el maravilloso camino de la lectura. Estos hermosos libros fomentan la adquisición de destrezas de lectura y el amor a los libros.

 El NIVEL MORADO presenta temas y objetos básicos con palabras de alta frecuencia y patrones de lenguaje sencillos.

 El NIVEL ROJO presenta temas conocidos con palabras comunes y oraciones de patrones repetitivos.

 El NIVEL AZUL presenta nuevas ideas con un vocabulario más amplio y una estructura gramatical más variada.

 El NIVEL AMARILLO presenta ideas más elevadas, un vocabulario extenso y una amplia variedad en la estructura de las oraciones.

 El NIVEL VERDE presenta ideas más complejas, un vocabulario más variado y estructuras del lenguaje más extensas.

 El NIVEL ANARANJADO presenta una amplia de ideas y conceptos con vocabulario más elevado y estructuras gramaticales complejas.

Al leerle un libro a su pequeño, hágalo con calma y pause a menudo para hablar acerca de las ilustraciones. Pídale que pase las páginas y que señale los dibujos y las palabras conocidas. No olvide volverle a leer los cuentos o las partes de los cuentos que más le gusten.

No hay una forma correcta o incorrecta de compartir un libro con los niños. Saque el tiempo para leer con su niña o niño y transmítale así el legado de la lectura.

Adria F. Klein, Ph.D.
Profesora emérita, California State University
San Bernardino, California

Editor: Christianne Jones
Designer: Nathan Gassman
Creative Director: Keith Griffin
Editorial Director: Carol Jones
Managing Editor: Catherine Neitge
The illustrations in this book were prepared digitally.
Translation and page production: Spanish Educational Publishing, Ltd.
Spanish project management: Jennifer Gillis/Haw River Editorial

Picture Window Books
5115 Excelsior Boulevard
Suite 232
Minneapolis, MN 55416
877-845-8392
www.picturewindowbooks.com

Printed in the United States of America.

Library of Congress Cataloging-in-Publication Data
Dahl, Michael.
[Frog pajama party. Spanish]
Campamento de ranas / por Michael Dahl ; ilustrado por Sara Schultz ; traducción,
Clara Lozano.
p. cm. — (Read-it! readers en español)
Summary: When Brandon and his frog friends give a pajama party, they have a
frightening encounter with a cat.
ISBN-13: 978-1-4048-2682-3 (hardcover)
ISBN-10: 1-4048-2682-3 (hardcover)
[1. Sleepovers—Fiction. 2. Frogs—Fiction. 3. Cats—Fiction. 4. Spanish language
materials.] I. Schultz, Sara, ill. II. Lozano, Clara. III. Title. IV. Series.

PZ73.D353 2007
[E]—dc22   2006004194

Campamento de ranas

por Michael Dahl
ilustrado por Sara Schultz
Traducción: Clara Lozano

Con agradecimientos especiales a nuestras asesoras:

Adria F. Klein, Ph.D.
Profesora emérita, California State University
San Bernardino, California

Susan Kesselring, M.A.
Alfabetizadora
Rosemount-Apple Valley-Eagan (Minnesota) School District

PICTURE WINDOW BOOKS
Minneapolis, Minnesota

Un día Sebastián invitó a sus amigos
a acampar junto al estanque.

Los amigos de Sebastián llegaron
al atardecer.

Llevaron sacos de dormir, almohadas, piyamas y cosas para comer.

Esa noche, Sebastián y sus
amigos jugaron mucho.

1 . . . 2 . . . . 3 . . . 4 . .

Contaron cuentos de miedo.

Cantaron canciones.

Jugaron a las luchitas, saltaron
y se persiguieron por el estanque.

13

Ya era tarde cuando la mamá
de Sebastián croó: —¡A dormir!

Sebastián y sus amigos se metieron
en sus sacos de dormir y se durmieron.

Boris, el amigo de Sebastián,
era una rana toro.

16

Boris roncaba. Roncaba tan fuerte
que nadie podía dormir.

Sebastián y los demás amigos se fueron
a dormir al otro lado del estanque.

Ahí todo estaba tranquilo.
Ahora podrían dormir.

Un ruido despertó a Sebastián
en medio de la noche.

El largo pasto junto al estanque se estaba moviendo.

Una cara enorme y amarilla se asomó entre el pasto.

Sebastián vio un gato. El gato hambriento vio a Sebastián y a sus amigos dormidos.

El gato se lamió los bigotes. Sebastián
no podía hablar del susto. No podía
avisarles a sus amigos.

De repente, el gato saltó.

Al mismo tiempo se oyó un gran ¡CROAAAC!
que venía del pasto. ¡Era Boris!

Ahuyentó al gato con su estruendoso
croar de rana toro.

26

—Me desperté y no los vi. Pensé que mis ronquidos no los dejaron dormir —dijo Boris.

¡Gracias, Boris! —dijo Sebastián.

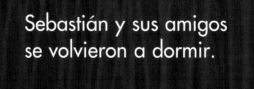

Sebastián y sus amigos
se volvieron a dormir.

Todos durmieron muy bien el resto de la noche. ¡Todos, menos Boris!

Más *Read-it!* Readers

Con ilustraciones vívidas y cuentos divertidos da gusto practicar la lectura. Busca más libros a tu nivel.

Dani el dinosaurio	1-4048-2706-4
El gallo mandón	1-4048-2686-6
El mono malcriado	1-4048-2688-2
El salvavidas	1-4048-2702-1
En la playa	1-4048-2685-8
La cámara de Carlitos	1-4048-2701-3
La fiesta de Jacobo	1-4048-2683-1
Lili tiene gafas	1-4048-2708-0
Los osos pescan	1-4048-2696-3
Luis y la lamparilla	1-4048-2704-8
Mimoso	1-4048-2710-2
¡Todo se recicla!	1-4048-2689-0

CUENTOS DE HADAS

Caperucita Roja	1-4048-2687-4
Los tres cerditos	1-4048-2684-X

¿Buscas un título o un nivel específico? La lista completa de *Read-it!* Readers está en nuestro Web site: *www.picturewindowbooks.com*